초록 바람

시작시인선 0434 초록 바람

1판 1쇄 펴낸날 2022년 9월 16일
지은이 최태랑
펴낸이 이재무
기획위원 김춘식, 유성호, 이형권, 임지연, 홍용희
책임편집 박찬세
편집디자인 민성돈
펴낸곳 (주)천년의시작
등록번호 제301-2012-033호
등록일자 2006년 1월 10일
주소 (03132) 서울시 종로구 삼일대로32길 36 운현신화타워 502호
전화 02-723-8668
팩스 02-723-8630
블로그 blog.naver.com/poemsijak
이메일 poemsijak@hanmail.net

ⓒ 최태랑, 2022, printed in Seoul, Korea

ISBN 978-89-6021-652-5 04810
      978-89-6021-069-1 04810(세트)

값 10,000원

초록 바람

최태랑

천년의
ㅅ|작

시인의 말

세 번째로 떠나는 여정
쉬울 줄 알았는데 더 힘들었다
무엇으로도 대신할 수 없는
내 살아온 날의 선을
굵고 선명하게 그렸다
채워지지 않는 여백에
아내의 기도가 들어 있다

2022년 8월에

차 례

시인의 말

제1부

제1부

하더니,

젊은 날 아내와 같이 걸으면
팔짱 끼고 손잡고 하더니
요새는 뒤쳐져 온다
남편 위신 깎일까 봐

이젠 앞서갈게요 한다
잘못 가더라도
일러 주는 당신이 있어 좋다 하더니

아내가 이른 잠을 잔다
저러다 영 잠들면 어떡하지
거기는 일거리가 없어 심심해
가지 않겠다 하더니
아이처럼 웃는다

그때 그 당부

양지말 읍내 장터
멍석 바구니에 담긴 강아지가
새 주인을 기다린다

할머니 따라온 어미 개
보채는 강아지를 모른 체해도
자꾸만 바구니를 뛰어넘어
어미젖에 매달려 빤다
국밥 먹고 돌아왔더니
네 마리는 이미 팔렸고
마지막 남아 있는 점박이
새 주인 품에 안겨서 간다
강아지 따라가며 어미 개가 껑껑 짖는다

정거장까지 따라 나오던
그때 그 당부
객지 가서 배곯지 마라

반달

인적이 드문 지리산 들무골
방사한 반달가슴곰이 밀렵꾼 덫에 걸렸다

앞발로 갈참나무 열매를 흔들다
납작 엎드려 있는 악마의 이빨을 읽지 못했다
사람보다 천 배 강한 청각과 시력, 후각도 소용없었다
산달이 얼마 남지 않은 암컷
새끼를 위해 더 많이 지방을 채워야 했다
발목이 조여들어 뼈가 으스러지고 힘줄도 끊어졌다
배 속 새끼는 갈풀처럼 시들어 가고
가을비는 선혈을 물고 흘러간다
도토리가 제 무게를 감당하지 못하고 떨어졌다
의식의 발이 느리게 끌어당긴다
여드레가 되는 날
태아가 태동을 멈췄다
관리소에 탐지기가 고정된 것을 발견
찾아갔을 때는 이미 숨을 거둔 후였다

앞발로 움켜 모아 놓은 도토리알들
땅바닥에 엎드려 따뜻하게 품고 있었다

선물

김치 통 들고

아들 집에 간 아내

아파트 현관문

비밀번호를 몰라

갸우뚱 갸우뚱하다가

습관처럼 집 번호를 누르니

신기하게도 문이 열린다

며느리가 해 둔 배려다

베란다 창문으로 가을 햇살 빙그레 웃는다

그곳

내가 누울 자리를 구해 놓고
자꾸만 그곳을 찾아간다
앞니 빠진 할망이 묻는다
'어디서 왔지비'
일산에서 왔다 하니
여기는 본향으로 가는 길이라 했다
날개도 없이 구름바다를 지나온
이북 사람만 득실거리는 헤이리 뒷산 공원묘지
모퉁이를 돌면 내가 누울 자리이다
뒷집 할머니, 교회 장로, 사우나 황 씨도 먼저 와 있다
이곳 방장은 인상이 험한 슈퍼 아바이
대뜸, '간나 새끼 신고하라우'
억센 말투가 들려온다
다시 올 곳이 아니라 생각했을 때
쑥부쟁이 잡초들이 조문을 하고
나는 남향받이 모퉁이에 하늘을 보고 반듯이 누워 본다
늙었다는 것은 하늘과 통한다는 것
여긴 상하 고하 빈부도 필요 없는 곳
해는 중천인데 함께 살아온 아내도 옆에 누워 있다

편지 쓰는 남자

여보, 생각나오? 결혼식 올리고 신혼여행도 없이 쫄랑쫄랑 강아지처럼 전방으로 따라왔던 철부지 시절 첫아이 분만하던 날 수술비가 부족해 결혼반지를 팔았던 거 기억하오? 꽃이 주고 간 열매라고 기뻐했었지 초급장교 박봉 시절 아이를 업고 묵정밭 감자 이삭을 주워다가 초승달처럼 도려내고 끓여 준 감잣국, 주일이면 성경에 밑줄을 긋듯이 관사 뒤편 손바닥만 한 텃밭에 소채 심던 당신, 탐스러운 토마토 따서 초병에게 주고 풋고추를 병사 식당에 주는 것도 잊지 않았다오

서울로 이사 와 보니 가옥들이 숲의 나무들처럼 서 있어도 우리 식구가 기댈 곳 없어 지하 방을 전전했었지 아들은 등에 업고 두 딸은 손에 걸려 시영아파트 13평짜리 추첨받으려 진종일 줄을 서서 번호표를 받아 왔지 집에 오면 등에 아이는 태아처럼 웅크려 자고 있었고 내려놓으면 기저귀가 질퍽했었지 걸려 왔던 아이들은 늘어지곤 했어 우리 아이들에게 못할 짓 했었소

여보, 기억 저편은 발자국만 남기고 그냥 갑시다 내 등이 비었으니 가벼워진 당신이나 업고 가야겠소

여생

아파트 6층에 사는 우리 부부

1층으로 내려갈 때
아내는 매번 올라오는 버튼을 누른다

왜, 그러냐? 고
핀잔을 주면
'올라와야 내려갈 수 있잖아' 한다

새삼 헤아려 보니
평생을 오르며 살아왔으니
이젠 내려갈 일뿐이 아닌가?

아내 발톱을 깎는다

비 오는 날에는 발톱 깎기에 좋다
무릎 위 230미리 갈라 터진 전족 같은 발
자꾸만 손사래 치다가
못 이긴 척 올려놓는다
양말 벗기고 발끝에 맺혀 있는 반달
몸의 뿌리 심장에서 가장 먼 오지
쪼막한 발로 아장아장 걸음마하고
숨바꼭질 고무줄놀이도 했을
저 발로 나에게 와
식구들 웃음을 나른히 가져오고
험지를 마다 않고 아이 업고 걸려
남편 따라 전선을 누볐다
일흔일곱 해 세월을 받쳐 들고 걸었을 흔적
하나하나 똑똑 소리를 내며 깎는다
우리는 아무 말도 표정도 없이
서로가 못다 한 마음을 나누었다
밖에는 여직 눈물비가 온다

사라 Caffe

시집가 살고 있는 작은딸에게
집에 와서 반려견 목욕시켜 달라 했더니
품에 안은 강아지를 한참 내려보다가
뚝뚝 눈물을 흘린다
달포 동안 발품 팔아
가게 계약하고 오는 날이다
가을비에 젖은 가지처럼 어깨도 따라 운다
'딸은 안 보이고 강아지만 보였냐'고
그 말에
아른한 슬픔이 젖어 온다
손수건보다 등 다독이는 손보다
같이 울어 주는 것이 위로가 될까

내가 나에게

십 년 후의 나에게 편지를 보내오
어느 길거리에 나뒹굴다 받지 못할지라도
내가 나에게 마음을 맡기오
거저 준 하늘도 섬기지 못하고
지나는 눈발이나 받아 쥐고 있었다오
그동안 여행이란 놈이 찾아와 꼬드기면
알프스 융프라우에서 스키를 타고 내려와
세렝게티 사파리에서 기린과 춤을 추겠소
시간이 남거든 극지에 들어가
유빙을 타고 구상나무를 심고 올 참이오

나는 숲속 한 마리 새
얼굴을 당겨 너, 하고 불러 줄 사람은 없지만
강가에 배를 묶어 두고 갈피리를 불겠소

국수 두 그릇

아내가 국수 먹고 싶잖아 한다
피난 시절 떡장사하던 엄마는
허구한 날 팔다 남은 떡을 밥으로 주었단다
그때가 생각났는지 국수가 먹고 싶다 한다

나는 국수를 끓인다
멸치와 다시마 대파를 넣어 육수를 내고
부추 홍고추 애호박 당근 양파 등속 채 썰어 넣고
국간장과 소금으로 간을 한다
다진 마늘 고춧가루 참기름 양념장 만든다
뭉근하게 불을 조절하여 소면을 삶는다

소반에 놓인 국수 두 그릇
생전 처음으로 만든 음식, 이리도 힘들 줄 몰랐다
내가 만든 국수, 추억은 흐르는 바람이었나
흐르다가 멈추고 멈추다가 다시 기억나는
참 맛있게 먹는 아내를 지켜보는데
까닭 없이 눈물이 난다

이건 비밀인데

아이야, 공부 말이야 너무 잘하려 하지 마 너는 만들기를 잘하잖아 방학 때면 할아버지에게 와 보렴 할아버지 집에는 강아지도 있고 마당에는 별들이 내려와 놀다 간단다 우리는 하얀 스팀을 뿜어내며 골목을 칙칙폭폭 누벼 보자 계단들은 접었다 폈다 하고 가로등은 야옹야옹 반길 거야 바로 앞 호수 공원에 가면 물고기들이 춤을 추고 늦은 밤이면 별꽃이 피어 있단다 근처 냇가에서 물방개를 잡아다 뉘어 놓으면 빙글빙글 돌거든 그럼 살짝 배 위에 손가락을 올려놓아 봐 그럼 이놈이 낄낄대고 웃을 거야 할아버지 호주머니에는 개구리 한 마리가 들어 있는데 슬그머니 꺼내 놓으면 옛이야기를 개굴개굴 해 준단다 또 다른 주머니에는 팽글팽글 돌고 싶은 팽이가 있거든 이 팽이는 쓰러졌다가도 저절로 일어서는 솔개 바람이란다 색 점을 찍어 두면 달무리 무지개처럼 동그라미를 그리며 팽팽 돈단다 한번 돌려보지 않으련, 네가 만든 바이킹 배를 강에 띄워 너는 키를 잡고 나는 돛대를 올려 횡하니 한 바퀴 돌고 오자 오는 길 천변에서 삐비꽃을 따 먹자 할아버지가 손바닥을 치면 풀벌레 소리가 나고 종달새는 노래를 불러 준단다 한번 들어 보지 않으련,
아파트 경비원이 지하에 감춰 둔 파란 빗자루를 몰래 꺼내 할아버지와 같이 올라타고 달나라 가 보자 거기서 한 마

리밖에 없다는 파란 눈 토끼를 데려오자 할아버지는 인도에서 코를 꿰어 낙타도 데리고 왔단다 마두금 소리를 들려주면 무릎을 꿇는 쌍봉에 너를 태워 아무르강을 건너 개마고원을 갔다 오자

　낙타도 늙고 그 등을 타고 서역에 가고 있을 나도 저물어 가겠지 낙타가 힘들면 지나는 구름이나 빌려 타고 가련다 그때는 꼭 나를 지켜봐 주렴, 카톡을 할 터이니 그때 오렴 이건 비밀이야

바지락 손칼국수

저 속에는 결 좋은
바다 여인이 들어 있다
밤새 해감 수욕하더니
입을 삐쭉 내밀어
갈매기 파도 소리를 뱉어 놓는다
마음 젖은 날 허기가 아니더라도
눈물이 진주된 사연 아는지,
바다로 다시 가고 싶은지,
빈 접시 위에 동자 손 공손히 벌리고 있다
적선 없이 떠나보내는 빈손이여
호로록, 시원한 국물 속엔
부드럽게 포개진
신혼 살결 같은 국숫발이 봄날이다

뚝,

내 어린 시절 내 울음 갈라 먹었던 뚝,
허지만 토막 난 울음은 잘려진 것이 아니었지요
내 몸속에 들어가 더 깊이 뿌리를 내렸답니다

어머니가 보고 싶은 날 할머니가
뚝, 하면
한꺼번에 눈물 콧물 삼켰지요
그런 날이면 앙상한 나뭇가지 산새가 밤새 울다 갔지요
울먹이던 목덜미에 할미 손 얹어지면
설움인 듯 감춰진 눈물
내 몸살이 비비는 어머니 생각도
북쪽 하늘 바람 따라 날아갔지요

나는 맘껏 울 수 없는 아이
한 장 한 장 슬픔이 쌓여 갔지요
뚝, 그 소리에 내 가슴 뚝뚝 잘려졌지요
서러움이 쌓여 빙하처럼 떠다녔지요
지금도 가슴에 남아 있는 뚝,

아내 일기

월남서 귀국한 그해 삼월에 결혼하고 곧 아이가 생겼다 옆집 새댁이 준 소주잔을 냉큼 받아먹었다 배 속 첫아이가 있는 줄도 잊고 나는 금세 얼굴이 붉어졌다 아이는 퇴근한 아빠 기척을 알아차리고 발길질한다 나만 아는 비밀이다 우리 식구 중에 유일하게 그 애가 술을 잘 먹는다

오늘은 관사 뒤꼍에 토마토를 따 와 어긋이 여민 접시에 아빠가 드시고 난 후 남아 있는 파란 애기 눈꽃, 딸이 혀로 핥아 먹는다 내일은 두 개를 따 와야겠다

남편은 부엌에서 책을 읽으면 맛이 난다 한다 나를 바보같이 써 놓은 남편 시집은 읽기 싫다 요사이 음식이 점점 짜진다 아마 소금을 치고 돌아서면 잊고 또 쳐서이다 기억력이 청춘처럼 점점 멀리 가 있다

그리운 것들이 아스라이 지워지는 가을이다 까치가 울기에 깍깍 대답해 주었다 '당신도 해 봐' 했더니 까치가 날아갔다 네 손님이 아니었나 보다

밖에 나갈 때면 나는 종종 문에 노크를 한다 왜 하냐고 물으면 밖이 궁금하잖아 했다 이렇게 외출할 때면 손도 잡고 팔짱도 끼었는데 이젠 뒤따라간다 남편 위신 깎일까 봐 남편이 엄마 생각이 난다는 홍시를 사서 손에 들려 준다 회양목 울타리를 지나 쪽문으로 집에 가라 한다 건널목에서 한

참을 보고 있다 못 찾아갈까 등 뒤에 눈이 따라온다

　가로수 낙엽이 떨어진다 주워 보니 상처 난 것들이 많다 우리 부부도 그동안 상처받는 일이 어디 없었으려고

　오늘은 요양 등급을 결정하는 심사관이 왔다 애들이 뭐든지 물어보면 '모른다' 하라 한다 '길을 잃으면 어떻게 하지요' 하고 묻기에 '파출소로 가지요' 했다 이번에도 등급 받기는 틀린 모양이다 난 그곳에 가기 싫다 남편과 지낼 수 있어 천만다행이다 천변 노을이 아름답다 내 기억처럼 저물어 간다

염주 알 같은 그리움

나를 두고 간 어미가 사 놓고 간 염소 새끼 한 마리 나는 그때부터 염소 시인이 되었지

염소는 갈기도 날카로운 이빨도 움켜쥘 발톱도 없이 가진 거라곤 잦은 갯바람 엷은 귀를 달고 계절이 지나는 소리를 핥고 있었지 소도 아니고 양도 아닌 것이 거들먹거리게 수염을 달고 바다를 허기지게 바라보고 살았지 누드 나이테에 구부러진 뿔로 누구 하나 치받아 보지도 못하고 맥없이 상수리나무를 들이받아 떨어지는 묵시록 같은 알갱이를 주워 먹었지 여린 발톱으로 고연히 바위산을 후벼 파고 풋나락 같은 그리움이 찾아오면 마음이 되어 구름을 끌어다 글을 썼지 언덕바지에 매어 두면 진종일 어미가 떠나갔던 선창가를 바라보며 염주 알 같은 그리움을 썼지

손의 말

전철에서 무릎 위 손을 얹고
고즈넉하게 졸고 있다

서로 바꿀 수 없는 안과 밖
손이 손의 안부를 묻는다

안은 비밀스럽게 잔금으로 가득하고
밖은 낡은 시간이 저물어 간다

이제 대화는 점점 줄어들고
손짓이 말이 되어 간다

주름진 손등 잡아 본다
힘들었다고 수고했다고

제2부

가문비나무

네 고향은 극한 고산지대
입고병에 약해 추워야 사는 슬픈 나무입니다

땅의 구수한 맛도 모르고
햇볕도 차가워 벌 나비도 모릅니다
올해는 열매가 흐드러지게 맺어
동토 사람에게 따 가라 했는데 기별이 없습니다
고향 가는 기러기 떼창 소리 한 자락 받고 내주었습니다
척박한 땅 인적 드문 한계선
북향 바라보고 천 년을 살다가
어느 명인이 잘라다 명기를 만들어
죽어서도 천 년 더 울다가 갑니다

임들이 모여 사는 가문비촌에
도열하여 발을 묻고
진혼곡 들으며 잠들어 있겠소

젓가락

둘이 있어야 한 벌이 되는 젓가락
식탁 위를 휘젓고 다니는 저 날렵한 것들
누구와 짝이었는지도 잊어버리고 돌아다닌다
한 식당에 있으면서도 제짝을 모르고 산다
인연은 봄비처럼 왔다가 이별은 소나기처럼 간다
우연찮게 만나도 옛 기억을 모른다
수저통에 들어가면 모두가 한통속
둘이 같이 있을 때만 포개져서 울력을 한다
젓가락은 잡는 사람에게만 몸을 내준다
어떤 입에서 쪽쪽 빨리다가 또 다른 사람을 만나면
언제 그랬냐는 듯 무심하게 입 속을 드나든다
처녀 입에 들어갔던 것이 노인의 입 속으로 들고
청년 입 속에 들고 나던 것이 중년 여인 입 속에 든다
일용직 노동자처럼
이리저리 끌려다니는 생을 살다 간다

새벽달

외가에서 더부살이 유년 시절
고구마 캐던 다음 날 새벽에 떠난다는 수학여행
늦도록 가슴만 설레다가 새벽녘 깜박 잠이 든 늦잠

허겁지겁 혼자 뛴 십 리 길
나를 기다리는 부두 멀고 멀었다
숨차게 뛰었지만 바람을 껴안은 돛배는
기다란 파문을 남기며 저만치 멀어지고 있었다

눈앞에서 놓쳐 버린 수학여행
그토록 기다리던 설렘이었는데
한 번도 가 보지 못한 미지의 세계
나를 두고 갔던 어미처럼
뱃머리를 돌려 주지 않고 돛을 올리고 있었다

점점 멀어지던 돛배
하순께 뜬다는 조곤한
새벽달이 내 등을 따라왔다

글피

내일 모레, 글피가 되면
요양원 늙은 아이를 보러 간다

강보에 싸인 아이를 두고
퉁퉁 불은 젖 감싸 안고 연락선을 탔던 여인
할머니는 두 밤 자고 글피에 엄마가 온다고 했다
글피가 가고 그글피가 오고 또 와도
끝내 글피는 오지 않았다

열두 살 되던 해
길모퉁이 돌아 치마폭 여미고 왔던 여인
나는 할머니 등 뒤에 숨어 낯선 여인을 훔쳐보았다
두고 간 크레파스와 연필을 쓰지 않았다
뱃고동 소리 멀어지던 그 겨울
그리움은 그믐처럼 깊어 갔다
앞마당 동백이 빈손으로 서 있어도
글피는 끝내 오지 않았고
뱃고동 소리 기다리며 더 깊어진 글피

요양원 창문 너머 아흔이 넘은 아이

아득하게 멀어진 글피가

칠십 년이 지나서야 내게로 돌아왔다

택배 하는 낙타

　도시로 흘러 들어온 낙타는 지하철 택배 기사로 취업했다 지느러미 같은 크로스백을 어깨에 메고 다음 역을 향해 간다 그는 한때 군에서 천부장을 했던 고급장교였다 겁을 모르고 산야를 누벼 밤에도 빛이 나는 눈을 가졌던 그는 지금은 고지나 집결지 대신 착신 내용이 깨알같이 쓰여 있는 비망록을 들여다본다 급한 문서를 송달하거나 받아 오는 일이다 하루 용돈 만 원 삼 개월이나 아내에게서 소급해 썼다 노인석은 다정한 대화는 없어도 느낌으로 옆 사람을 붙들고 있다

　그리움은 강에 살고 군가 소리는 전선을 날고 있는데 그는 꼬리를 감춘 마두금 소리만 들린다 쌍봉은 짐을 싣고 타기 좋은데 고행의 등짐 진 외봉 낙타는 오늘도 인심 드센 모래언덕 생활의 팔부 능선을 넘는다 어느 날은 졸다 하차 역을 놓친 적도 있었고 문틈에 가방끈이 끼어 풀릴 때까지 집총 자세로 버티기도 했다

　집에 돌아오면 고삐는 놔 주고 꿇었던 무릎과 숙였던 허리가 펴지는 시간이다 빈 가방 속에는 하루치 노역과 뒤따라온 별들의 사연이 들어 있다 물새 한 마리가 따라와 끈을 잡고 슬피 울다 가는 날도 있다

따라온 인기척

비 오는 날 달리던 차창 밖에
다급히 부르는 소리가 들렸다

컴컴한 세상 저편에서
헐떡이며 뛰어와
문 쪽에 얼굴을 내밀며 애원하듯 울부짖는다

살려 달라는 목소리
속도를 멈추고 밖을 보니
아무것도 보이지 않았다

이제는 문을 두드리며 다급하게 부른다
차창에 매달려 울부짖다가
멈춰 서면 사라지는 그는 누구일까

잠을 찢고 방심을 깨운
어둠 저쪽에서 바라보고 있는

선부르다

꽃씨
어디에 심었습니까?
예, 마음 밭에요
무슨 꽃입니까?
예, 발자국 소리 꽃입니다
피었습니까?
아니, 머금었습니다
언제 필까요?
예, 옷깃 스칠 때입니다

꽃 피니 기쁘십니까?
아니, 설렙니다
흐드러졌습니까?
겨우, 세 송이입니다
슬프십니까?
예, 언제나 선부릅니다

사이

그 말 참 좋다
아직 오지도 지나지도 않은
사이에 낀 무렵이란 말
까닭 없이 설레는 시간
떫지도 시지도 않는
그렇다고 단맛이 나는 것도 아닌
견고한 언어는 아니지만
잠깐 헛생각하다 지나쳐 버릴 것 같은
낮과 밤 사이
빗물 고인 돌확에는 벌써
개밥바라기 별이 내려와 있고
산그늘이 홑이불로 마을을 덮는 시간
집을 나갔던 연장들과 가축들이 돌아오는 저물녘
달빛 희미하게 문틈으로 들어와
빈방 벽에 묵화를 치고 있다

초록 바람

아침이면 나는 나에게 인사한다

사랑하는 당신 오늘도
웃음이 많은 날 되세요
봄은 자꾸 먼 길 떠나려 합니다
잡으려 하지 마세요
보랏빛 초롱꽃 보듯 하세요

오늘은 버럭은 집에 두고 가세요
울컥도 내려놓고요
입은 다물고 손 먼저 내미세요
앞니 빠진 구두는 벗어 두고
새 신발로 마음 밭을 걸어 보세요

상대에게 베풀기 전
자기에게 친절하세요
몸에서 초록 바람 일게 젊게 사세요
태양에 맞짱 뜰 생각은 갖지 마세요
좋아하는 것을 좋아하세요

>

하루하루 나를 위한 셀프

오늘이 모여 미래가 됩니다

멀리 보기

현관 옆에 꼿꼿이 서 있는 거울
가까이 가면 잘 보일까 했더니
얼굴은 안 보이고 몸만 보인다

서너 걸음 물러서야
보이는 내 얼굴

가까이 있던 나무도
멀리 봐야 숲으로 보인다

사람도 멀리 봐야
마음이 한 결로 보인다

어머니

두루마리 화장지
아버지가 쓰고
아들이 쓰고
딸이 쓰고
쓰고,
쓰고,
또 쓰고 쓰고
마지막 남은
흰 머리칼이 붙어 있는
빈 롤 통 하나

먼지

식구들이 돌아올 때
불청객 손님을 데리고 온다
우리 집에는 각양 각지에서 온
먼지들이 모여 산다
너무 가벼워 중력도 받지 않고
입주권도 없이 불법으로 들어와
마음껏 웃고 울어 보지 못하고
분노의 분자가 되어
장롱 밑에는 천 년을 고여 있고
책장 위는 가부좌 틀고 앉아 있다
이놈들을 잡으려면 공손히 무릎을 꿇어야 한다
거만하고 고집스러워 큰절하듯 숙여야
걸레 어른에게 꼼짝 못 하고 끌려 나온다
먼지는 밖에서 가지고 오기도 하지만
식구들이 만들기도 하고 분가해 가기도 한다
모든 것은 먼지가 뭉쳐진 것
분노도 뭉쳐지면 폭동이 되고 전쟁이 된다
우리들이 죽으면 먼지가 되지 않을까

집을 나오면

집 안 먼지들이 서로 낄낄거린다

알츠하이머

나를 잠가 두고 가지 마세요
당신은 오늘도 나를 믿지 못해
덜컹 마음 닫고 가셨습니다
당신이 당부하던 것 잊지 않겠습니다
화장실에서 일 보고 나올 때는
당신 어디 갔을까 서둘렀는데
매무새 챙기고 나올게요
음식은 싱겁게 국은 오른쪽에
비 오는 날에는 우산과 장화 챙기고
약도 잘 찾아 먹고
말순이 밥도 잊지 않겠습니다
꼬박꼬박 일기 쓰고 그림 그리고 노래도 부를게요
또 나는 알아요
빨간불에 서고 파란불에 간다는 것도
꽃을 꺾으면 죽는다는 것도
열쇠 쥔 한 사람만을 기다리겠습니다
그 누가 당겨 흔들어도
당신이 아니면 마음 열지 않겠습니다

꾸라지

이 물고기는
빠르기가 게 눈 같아 잡기 힘들다
얕은 물가 어수룩한 곳에 산다
이름에 치가 붙은 물고기들은
비늘이 없어 빠져나가는 데 귀재다
큰 물고기 앞에서는 아양 떨고
작은 물고기 앞에서는 거드름 피운다

물길을 거슬러 가는 대신
물길 따라 흐르며 기회를 본다
'눈치'라는 이놈을 잡으려면
눈에 불을 켜고
아무도 모르게 찰나에 찔러야 하는데
눈을 뜨고 자기 때문에
순간을 포착하기 어렵다

그대였소

곧고 정직한 해, 그대였소
삶은 남루하고 자유스러운 공간
여백 또한 충분했다오
혹시 모르오 타인이 거부한 공간
뭉개고 어질러도 좋소
절제된 한 줄만이라도 써 주오

쓸 말이 가뭇해도
어진 선線 하나 그어 주시오

그대가 처음부터 해 줄 말은
더듬더듬 내민 말
어쩌면 생의 선문답 같지만
손길 가만히 내 쪽으로 오게
그 선을 따라 봄을 맞으러 가겠소

낮달

하늘 귀퉁이 몰래 붙잡고
맨얼굴로
고개 내민 눈썹달

밤 달이 놀던
그 자리에
또 다른 달이 앉아 있다

잊혀 가는 얼굴
두고두고 보라고
어머니 얼굴
누가 공중에 걸어 놓았나

제3부

관계

낡은 신발 밑창에 뚫린
구멍 속으로 들어온 돌멩이
아무리 살펴도 내통한 길이 없다
이 작은 돌 몸 둘 곳 신발 속이라고
떠나지 않고 있다
걷다 보면 발바닥을 긁는다
신발을 털어 봐도 꼭꼭 숨어 나오지 않는 이놈
땀에 젖어 개펄 속 쩍처럼 괴롭힌다
깔창 밑으로 엄폐했다가 햇살이 비치면
좁은 틈을 비집고 기어 나온다
한 번도 만난 적 없는 불면지기
내 지나왔던 길 다 알고 있다
어찌 보면 내 생도
이 작은 돌멩이 같은 회한이다

맞벌이

운동장에 땅거미가 지면
동무는 어머니가 불러 집으로 가고
아이 혼자 단단한 기다림을 차고 논다
미루나무도 그림자를 삼킨 지 오래
핸드폰 사 준다던 아빠도
불고기 해 준다던 엄마도
아직 발소리가 없다

빗방울

비 그친 차양 끝

제 몸 무게만큼만 감당하며

제 속을 다 드러내 놓고

온몸으로 매달려 있다

너는 가난한 연인이 찾는 보석이거나

한순간 왔다가 떠나는 이별이다

종이 집

세로 한 뼘 반 가로 한 뼘
절지 위에 파란 집을 짓는다

어디서 착상을 끌어 올까
나무 밑에 북풍을 막아 줄 돌담을 쌓고
전설 같은 기둥 세워
듬직한 대들보 얹고 보니
그럴듯한 집이 지어졌다

수수깡 벽에 차진 흙을 바르고
바람 불어오는 쪽으로
바스락바스락 갈잎을 엮어 얹으면
서리서리 비바람 막아 주던,

이것이 마음을 담아 둘
가장 묵직한
내 집이 아닌가

외눈박이 거인

신화를 간직하고 싶어
해신에게 한쪽 눈을 주고 돌려받지 못해
평생 외눈으로 살고 있는 무던한 거인
열대성을 가장한 저 고요의 눈
육지가 내민 끄트머리 경계에
서 있는 너는 누구의 영혼인가
귀 세우면 갈매기 소리 들려오고
만선의 깃발도 입력되어 있다
눈 부릅뜨면 백 해리를 보내는 눈빛
늙어 가면서도 밝은 마음 하나 간직하고 산다
가슴 펴면 허공이 그대 품
하늘 뜻을 전하려고 소리 없는 눈빛 하나로
평생을 울부짖는 외눈박이
우레와 바람을 재우고 파도를 다독이는
어진 눈을 가지고 있다
외로움을 삼켜 보지 않는 사람은
등대의 마음 안다고 말하지 마라
과묵한 입 열어 곡절을 말하지 않아도
그대 눈빛은 적막하다

단색조單色鳥

그는 팔색조처럼 아름다운 배우였다
붉은 부리 디테일한 깃털
환성과 커튼콜을 받을 때마다
창공을 나는 것을 잊어버리고 자기도취에 빠졌다

레드 카펫을 걷는
여린 새는 사랑이 싹틀 때마다
제 몸 상하는 줄도 모르고
깃털을 하나둘 뽑아 주기 시작했다

점점 깃털은 빠져 맨몸이 되어 갔다
부리는 무뎌지고 발톱도 갈라졌다
날 수 없는 허공
아직 얼굴만은 팽팽히 당겨
중년만은 놓치지 않았다

한 번도 둥우리에 알을 품지 못한 처녀 새
박수갈채가 줄어들고
겨울을 넘긴 새는 이미 늙어 있었다

>

깃털이 다 빠진 단색조

단명한 조연이나 맡고 있다

잃어버린 우산

우산은 누가 비를 받쳐 줄까
검은 옷을 즐겨 입더니
너에게도 푸르고 맑은 날이 있었던가
비가 오면 흠뻑 하늘을 받쳐 들고
등이 굽어야 비를 짊어질 수 있다
대가를 바라지 않는 울 누이 같아
삐쭈룩한 손잡이를 빙빙 돌리며 탱고를 추고
철없이 지붕 꼭지에 모자를 걸어 둔다
비가 그치면 구부림을 접었다고
옷장 속에 들 수 없는 천덕꾸러기

내 엄청난 건망증의 증거가 되는 물건
은연히 그냥 놔둬 버린 물건
그래도 호젓한 길섶에 유기한 적 없다
가 버리면 연락도 해 보지 못하고
올해 들어 여기저기 손에서 놔 버린 것이 한 죽이다
내가 사랑한 것들은 떠나기를 좋아해
이놈도 그렇게 따라갔나 보다

똥으로 말하다

　새만금호 수상에 설치된 태양광 집열판은 새들이 갈긴 똥 때문에 골칫거리다 인부들이 연일 살수기로 새똥을 치운다 그럴 때마다 어찌 알았는지 새들이 몰려와 사정없이 묽은 똥을 갈겨 댄다 인부들은 새똥 세례를 받으며 치운다 우박처럼 심하게 쏟아질 때는 궁여지책으로 우산을 쓰고 똥을 치운다 이들을 농경지 쪽으로 쫓아도 이곳을 고집하는 것은 이전부터 새들의 터전이었기 때문이다 알고 보니 새똥에는 페로몬이란 성분이 있어 영역 표시를 해 두고 다시 찾아온다

　개발이란 이름으로 원주민을 똥으로 취급해 온 사람들, 똥으로 말하고 있는 미물에게서 원주민의 항변을 읽는다

나주 별곡

목포를 출발한 서울행 완행열차
반점도 되기 전에 나주역에 들어선다

역무원 피해 숨어 있던 아짐씨들
개떼처럼 열차에 달라붙는다
저마다 팔뚝에 배 바구니 서너 개씩을 걸고
차창 밖에 와
—내 배 사시오
물이 질금질금 나오는 내 배 사시오
포동포동하고 차진 내 배 사시오
애기 대그빡만 한 놈 한 바구니에 3천 원,

—워메, 저 가시나 좀 보게
내 배는 밤에 묵어야 제맛이 나요
사근사근 물 잘 나오는 질 존 내 배 사시오

나이 든 노친네보다 새초롬한 처녀가 더 잘 판다
둘은 모녀지간이란 걸 아무도 모른다

해가 뉘엿하면

모녀는 빈 바지개에 육자배기를 싣고
강 언덕을 넘어간다

애인

때늦은 나이에
우연히 매혹적인 여인을 만났다
저에게는 젖은 웃음이 있어요
저를 한번 안아 보실래요
운명적인 사랑에 빠지게 되었다
아내 모르게 밀애를 즐기는 동안 점점 젊어졌다
연인은 변덕이 심했다
우울하게 하다가도 애교가 넘쳤다
두 집 살림을 하게 되었다
어느 날은 밤새우며 정을 나누었다
어느 시인이 썼듯 밖에 숨겨 둔 애인은
중소기업 하나 운영하는 것만큼 어렵다 하던데
시 쓰기도 그렇다

옛날 옛적에

쪽빛 바다가 아름다운 섬마을
외가에서 나고 자란 나는
학교에 들어가던 날
외할머니에게 공책을 사 달라
며칠을 졸라 받은 계란 두 개
꼬막손에 쥐고 시오 리 학교 앞
가게 돌계단을 오르다
그만, 넘어지고 말았다
깨진 계란을 내려다보며
한참을 울다
바닥에 고인 노른자를
손가락으로 찍어 먹었다
누이는 밤새껏
누런 회 포대를 잘라 한 땀 한 땀 꿰매
공책을 만들어 주었다

볼링 치는 여자

주말이면 볼링장에 들러 그녀를 본다

힐끔 쳐다보며 책장을 넘기듯 목례를 한다

나른한 저녁 부드러움으로 다가와 있다

경쾌한 청각과 형상이 아름다운 볼링

둔부만 한 볼을 굴려 열 명의 장정과 자웅을 겨룬다

손을 떠난 볼은 단풍나무와 소나무 길을 지나

일삼존으로 들어갈 때는 부서지는 파도 소리가

물결 짜~악 밑줄을 긋는다

잔 핀이 남으면 돌 깨지는 소리가 난다

주술과 어순 관계가 명확하게

코스를 따라가면 여지없이 스트라이크가 나온다

입항하는 배나 이착륙하는 비행기가 그렇고 새가 그렇
고 시가 그렇다

생각이 굽을 때는 길을 가르지 못하고 도랑으로 빠진다

착지한 그녀 다리는 한겨울 얼음을 깨고 나온

잉어처럼 매끄러운 문장이 되고

피니시가 끝난 동작은 새가 허공을 비상하듯 날렵하고
명징하다

스트라이크보다 마지막 남은 10번 핀

발견하기 힘든 오탈자나 비문처럼 숨어 있다

복잡한 어순보다 쉬운 언어처럼 볼은 고지식해야 한다

잔 핀을 잡고 나면 퇴고가 끝난 문장처럼 짜릿한 전율을 느낀다

같은 곳을 바라보는 영감과 육감

오늘의 글은 당신으로부터 태어난 것을 모르고 있다

혀와 꼬리

몸의 양 끝에 있는
혀와 꼬리는 서로 다른 방향에 있으면서
하는 일은 비슷하다

애교를 부릴 때는 흔들어 꼬고
성질나면 빳빳이 추켜들거나
좋으면 쉴 새 없이 나불거린다

구미호는 아홉 개의 꼬리로 인간을 꼬드겨
홀딱 간을 빼 먹고
하와와 아담을 꾄 것은 뱀이다
뱀은 간교한 혀로 유혹하기 좋았다

인간은 본디
감정 표현이 너무 솔직해 감추고 다니다가
몸속으로 들어가 혀가 되었다

그냥

내가 어디가 좋아 물으면
그냥,
그 대답이 좋다

그냥이란 말
물렁하고 싱거운 그 말

딱히 할 말 놓쳐 버리고
망설이는 사이에 끼어드는
허물없는 말

이도 저도 아닐 때
사랑의 무게를 굳이 밝히지 않아도
그냥, 이 한마디
안부가 되고 위로가 된다

숨소리처럼 쉽게 뱉어 놓고
거둬들이지 않아도 좋을

빈 들에 풀씨 같은
그냥이란 말

닭 목

복날이면 백숙을 끓이던 할아버지
햇볕을 쪼아 먹고 새벽을 토해 내던 닭
뜰을 누비던 발은 잘리고
의젓하던 닭 볏은 버려졌다
오장육부 소갈머리까지 버린 후
당귀와 삼을 품고 푹푹 끓인 닭백숙
온 식구 둘러앉아
쟁반 위에 백숙을 올려놓고
가슴살은 할머니, 다리는 나에게
누이에겐 날개를 찢어 주었다
먹을 거 없는 닭 모가지만 남았다
먹자니 먹을 게 없고
버리자니 틈새 살이 아까운 닭 목
당신은 한사코 닭 목이 좋다고
촘촘히 박힌 살을 발려 드셨다
왜 닭 목을 좋아했는지
아버지가 된 후 알았다

소년의 꿈

선생님이
장래 희망을 쓰라 했다

성진이가
이리저리 연필만 굴리다
꾹꾹 눌러쓴 세 글자

정. 규. 직.

아버지의 희망은
성진이 꿈이었다

제4부

하얀 운동화

어느 날 할아버지가 개장수를 데리고 왔다
눈치 빠른 누렁이
꼬리를 다리 사이에 말아 넣고
할머니에게 가서 구원을 청하지만
곰방대를 물고 헛기침
조석으로 밥 주던 누나도 대꾸가 없자
내게 온 누렁이
나는 목을 끌어안고 울었다
내일 오겠다고 개장수가 돌아가고

그날 저녁 식음을 전폐한 누렁이
밤새 끙끙대었다
나는 몰래 목줄을 풀어 주었다
멀리멀리 도망가 살라고
이튿날 아침 누렁이는 제 집에 와 있었다

학교에서 돌아오니
텅 빈 개집
토방 위에 하얀 운동화가 놓여 있었다

기일

왜
그때는 알지 못했을까

실은
다 꿰매고 난 뒤엔

바늘을
떠나보낸다는 사실을

청둥오리

산중 청둥오리 사육장
주인에게 물었다
철새인데 안 날아가고 있냐 했더니
활주로가 없어 이륙을 못 한다 한다

강이 있으면 물을 박차고 올라
고향 찾아 날아갈 수 있으련만
갈 곳을 잊은 지 오래
물 한 모금 입에 넣고
하늘을 올려 보는 슬픈 생이여

먼 나라에서 날아온 이주 노동자
농장 귀퉁이에서
체류 기간 넘긴 여권을 바라보고 있다

시월의 편지

야근 때문에 늦은 아빠
저녁 여섯 시가 되면 어김없이 전화가 온다
아빠 언제 와?
원형아 오늘은 늦어
토요일에 놀아 줄게
하고 싶은 놀이가 뭔지 책상에 적어 놓고 자
'내일모레 아빠하고 자전거 타고 싶어
사 달라는 것은 아니야'
시월 마지막 날
어미 없는 아들이 쓴 편지
박봉의 아빠는 답장 대신
빈 주머니에 손을 넣어 보았다

자루

수성으로 가는 낡은 버스
앞니 빠진 몸뻬 바지 할머니가
양파 자루를 이고 버스에 오른다

양보받은 자리에
떡하니, 이고 있던 자루를 앉힌다
서 있는 채로 양파 자루를 다독인다
함부로 건들지 마세요
어둠 속에서도 희고 매끄런 둥근 빛 덩어리
가까이 말을 걸면 금방 눈물이 날 것 같은

장터 한갓진 곳
진종일 자루가 자루를 팔고 있다

말

나는 말(馬)이다
유난히 큰 눈과 쫑긋한 귀를 가진
겁 많은 외로운 짐승
풀 뜯을 때나 여물 먹을 때도
두리번두리번 사주경계를 한다
가지고 있는 무기라고는
뒷발질밖에 없으면서 좀체 사용하지 않는
천진한 성정을 가졌다
달려야 속이 편한 말, 서 있을 때가 불안하다
마구간에 서서 지나온 길 혼자 되새기며
쓱쓱 발바닥을 문지른다
진종일 광야를 누비다 길을 끌고 돌아와
한자리에 꼿꼿이 서서 먹고 자는 슬픈 짐승
비 맞은 가로등처럼 눈을 뜨고 잔다
나는 말(言)에서 시(詩)를 찾는데
말은 평생 길에서 길을 찾아
길이 닳도록 달린다

토마토 성별

나는 차지고 물 좋은 토마토입니다
우리 동네 과일 가게에서 저를 보면
외국인은 붉은 것을 주부는 푸른 나를 골라 갑니다
그러지 마세요, 저의 은밀한 곳에 별자리를 보세요
별 꼭지가 다섯이면 여자이고 여섯이면 남자랍니다
성비가 맞아야 제 맛을 즐길 수 있습니다
저의 매력은 탐스럽게 볼가진 엉덩이에 있습니다
이곳은 천연 에센스로 윤이 나 매혹적입니다
그렇다고 함부로 입을 맞추거나 덥석 물지 마세요
그럼 당신에게 물똥을 싸질러 놓을 겁니다
저의 히프를 무딘 부엌칼로 삭둑 자르지 마세요
독일산 쌍둥이 날로 저미듯 살며시 자르세요
그럼 깍지 풀듯 접시 위에 스르르 눕겠습니다
설탕 발림이나 소금을 쳐 짜게 굴지는 마세요

도둑 이야기

섬마을 초등학교 2학년 때였다 서울에서 전학 온 동수는 붉은 등걸이 책가방을 메고 다녔다 어느 날 가방 속에 넣어 두었던 돈을 잃어버렸다 선생님은 모두 손을 들게 하고 벌을 세웠다 양심껏 자수하라 하였다 칼날 같은 선생님 말씀은 소년 도둑의 마음을 열지 못했다 선생님은 솔잎 한 움큼을 가지고 오더니 같은 길이로 잘라 하나씩 주면서 양 손바닥에 넣고 두 손을 맞잡고 있으라 했다 그러고는 훔쳐 간 학생 솔잎은 길이가 커질 거라 했다 손아귀에 땀이 고이기 시작했다 나는 땀에 젖어 커질까 두려워 번갈아 손바닥을 바지에 문질러 댔다 교실 안이 을씨년스럽고 음산했다 선생님 솔잎 검사로 길어질까 살짝 잘라 낸 말동이의 솔잎을 찾아냈다 학생들을 밖으로 내보낸 후 반장인 나를 시켜 책갈피에 끼어 있는 돈을 찾아냈다 솔로몬 선생님은 아무도 모르게 조용히 불러 타이르는 것도 잊지 않았다 수십 년이 지난 지금에도 동창회에 나가면 그 도둑이 누군지 나만 안다

일당 참외 하나

구례 오일장 한갓진 곳 해는 뉘엿하고 파장으로 가는데 이가 두 개만 남은 합죽 할머니 진종일 뙤약볕에 앉아 애기 주먹만 한 개똥참외를 팔고 있다

고무 함지에 이고 온 참외, 열 개에 만 원, 모두 열 봉지를 앞에 놓고 언제 다 팔고 가나, 한숨이 길다 할머니는 잇몸으로 웃으며 내 발목을 잡는다 한 봉지만 사 달라고 나는 팔을 걷어붙이고 대신 장사를 해 주기로 했다

골판지에 이렇게 썼다

"천 년 만에 내려온 지리산 애기 참외 세일, 천 원을 깎아 드립니다"

그리고 봉지에서 하나씩을 꺼내 한 봉지를 더 만들었다 파장 전 삽시간에 모두 팔렸다 열한 봉지 구만 구천 원, 남은 참외 하나가 오늘의 일당이다

비밀

주일이면
꺼내어 신는
아내 구두
신발장 지킬 때가
더 많았다
한 남자의 그림자
세 아이 엄마로
집이 평생 터였다

신발만 아는 비밀
새벽마다
식구들 몰래 일어나
가는 새벽 기도 길

엉덩이

　나도 몰랐다 내 몸에 꼬리가 숨어 있다는 것을 나는 종종 짖는다 꼬리가 있다는 것을 안 후부터 광야 같은 도시에서 살아남기 위해서 필요했다 윗사람 비위 맞추고 아양을 떨기에는 이것만 한 것이 없다 풍찬노숙하며 세상과 어울려 꼬리 흔들며 살아왔다

　사람들은 꼬리를 시도 때도 없이 흔들어 댄다 저마다 길게 숨겨 둔 꼬리를 밖으로 꺼내 흔드는 것을 자신은 모른다 시도 때도 없이 짧고 둥글고 날름한 혀가 자신도 모르게 밖으로 나온다 제 꼬리는 못 보고 남의 꼬리만 훔쳐본다

　사실 사람의 꼬리는 몸속 장기의 일부로 꼬리뼈 속에 감췄다 유일하게 고관절 엉덩이가 큰 이유가 거기에 있다 풍만하다 보니 몽고반점도 같이 없어지고 말았다 꼬리 부분을 깔고 앉아 있으면 속마음이 무언지 아무도 모른다

나비 부인

어디든지 따라가 주는 여인이 있습니다
그녀가 몇 살인지 고향이 어디인지 알 수 없지만
상냥하게 운전대 앞에 앉아 지시를 합니다
어디를 그렇게 나비처럼 날아다녔는지
모르는 길이 없습니다
얼굴 없는 그녀는
아내 대신 목소리를 태우고 늦은 귀가를 서두릅니다
그녀는 타협을 몰라
길이 어긋나면 꼬치꼬치 캐묻습니다
생의 고행 길은 한 번도 가 보지 못해 삶의 깊이를 모르지만
'과속방지턱이 있습니다'
미리 알려 주는 친절함에
나는 점점 그녀에게 길들여지고 있습니다
험한 길 흙탕물 조심하라고
바짓가랑이를 잡기도 하지만
'목적지에 도착하였습니다'
말 한마디에
마지막 날개를 접고 그녀는 순식간에 사라집니다

카주라호 뿔

인도 북부 자이나교 성애 사원을 찾아간다 바라나시에서
시골길을 따라 9시간, 더듬어 가는 길 여자 다루기보다 힘
들었다 이곳은 성性이 문화가 된 곳 돌조각 사원 건물 사이
사이 심심찮게 성애물이 조각되어 있다 남자 대물은 진압봉
처럼 서 있고 여자 젖가슴은 벌렁벌렁 치솟아 있다 꼬리를
맞댄 교미상이 해괴망측하다 여인들은 얼굴 가리고 손가락
사이로 쳐다보며 낄낄거린다

하기야 성은 은밀해서 허수룩한 갈대밭 여인숙이거나 인
적 드문 한갓진 곳이 아니었던가 여긴 순수를 가장한 원초
적 행위가 무소뿔처럼 과감하다

그 옛날 첫정을 고백했던 그때가 생각나 변화무쌍한 뿔
을 들고 왔다

우리 교회 목사님

그 길이 어딘지 몰라 오죽잖은 나를
손잡아 주신 저의 신앙입니다
강대상에 서면 스톨이 유난이 길어 보이지만
언제나 견고한 말씀이 흘러나옵니다
오늘은 시원한 이마 앞세워 그림자를 끌고 어디 가실까
사모님 내조 가방도 따라갑니다
대상포진에도 저 발길 멈추지 못해
강선을 누비다 검게 타 버린 어부입니다
세 번은 불러야 오신다는 성령님, 그분은 언제 오실까
곡진 기도가 남루해지도록 그 길에 서 계실 분
교회가 어려워도 헌금하란 말 차마 권면하지 못하고
받은 사례 모두 교회에 궁핍을 끼고 사십니다
점점 늙어 가시는 우리 교회 목사님
유머는 뒷주머니에 넣어 두고 웃을 줄도 알고요
둥글고 아득한 외로움 내려놓을 줄도 알아요
때로는 천둥 같은 통성의 눈물 흘릴 줄도 안답니다
식사 시간이면 신도들과 도란도란 마음도 드신다
헤어져야 할 시간, 어느 이별이 이리도 애달플까
멀어질 때까지 문 앞에 서서 눈이 등을 따라갑니다
불 꺼진 예배당 느티나무에게 맡기고 허접하게 걸어갑니다

성직이란 또 다른 이름은 고독입니다
그 이름 아시지요? 원종구 목사님,
언제 한번 불러 주세요 하나이신 님, 하나님

그녀의 눈금

주말이면 들르는 동네 사거리 큰 건물
내 몸에 안부가 궁금할 때는
사 층에 살고 있는 그녀를 찾아간다
창문 너머 고정된 눈빛으로 누군가를 기다린다
그녀는 서 있는 것을 좋아한다
수많은 눈금을 소유한 그녀는
눈빛을 빙그르 돌아 매우 직설적이다
앉거나 눕는 것을 거절하고
꼿꼿이 서서 바라봐 주기를 원한다
아찔한 난간을 휘돌아 바르르 떨며 고정될 때
팜므파탈이 끝나고 다음 사람을 기다린다
갱년기는 아닌데 근수가 줄어
나는 그녀에게 고개를 숙여 내려본다
끝 모를 욕구가
언제 그랬냐는 듯 아무 표정 없이 제자리로 돌아간다
나의 은밀한 비밀을 알고 있으면서도
입을 꾹 다문 과묵한 목욕탕 눈금 저울
지루하면 흐린 창문을 슬며시 쳐다본다

허공 속 발걸음

흐르지 않는 것이 어디 있으려고
아내의 기억도 바람처럼 흐르는 것을
해 달도 구름도 흐르고, 물도 새도 흐르고, 길도 사람도
흐른다

―해가 동東에서 서西로 흐르는 것은 밤 도와 숨기 위해서다
　　뜨겁게 달궈진 얼굴을 식히다가
　　붉은 눈으로 부스스 아침으로 흘러온다
―길이 흐르는 것은 발자국 때문이다
　　가다 보면 발자국 끝에는 둥지가 있고 기다림이 있다
　　문 앞에는 언제나 그분이 서 계신다
―새는 흐르기 위해 날개를 달았다
　　가을이면 하늘에 물결을 남기고 먼 길을 떠난다
―냇물은 달빛 섞인 빨래터 처녀 몸 훔쳐 담고
　　물소리로 길을 열어 바다에 잠든다
　　바다는 더 흐르고 싶다고 너울과 파도로 말한다

모든 것은 사유로 흐르는데
아내의 기억은 다시 오지 않는 바람처럼 흐른다
허공 속에 발걸음으로

나는 오월이 좋다

싱그럽다,
그 말이 가장 어울리는 오월
아무도 없는 숲속에서 독작하다가
달에게 술을 권하면
달은 어느새 잔 속에 들어와 있다

연둣빛을 엎질러 놓은 봄기운 덮고
나무 아래서 오수에 들고 싶다

오월에는 나도 나무처럼
푸른 귀를 달고 바람 소리 듣고 싶다

오월에 태어난 나는
갈 때도 오월이면 좋겠다
나부끼는 푸른 잎 만장 앞세워
먼 길 떠나고 싶다

해 설

사랑의 재발명
—최태랑 시집 『초록 바람』 읽기

오민석(문학평론가, 단국대 교수)

1

최태랑 시의 먼 기원은 어머니이다. (텍스트의 화자를 그
와 동일시하는 것이 허락된다면) 그는 강보에 싸인 상태에
서 외가에 맡겨졌고 열두 살이 되어서야 어머니를 겨우 만
났지만, 그 만남은 다시 이별로 이어졌다. 그에게 유년기
어머니의 부재는 근원적 결핍이자 상처이고 공포이다. 그
는 출생 직후부터 당연히 있어야 할 것의 부재를 경험하였
다. 그러므로 그의 시는 어머니 찾기의 길고 긴 상징적 여
행이다. 부재한 어머니로 인한 결핍을 메꾸기 위해 실패
를 들고 '포르트-다fort-da' 놀이(S. 프로이트)를 하는 아이처
럼, 그는 어머니의 부재fort와 존재da 사이를 오가며 평생
어머니를 복기한다. 그의 입에서 흘러나온 존재와 부재의

음성–이미지들이 모여 그의 시의 강을 이룬다. 그 강 위엔
포르트–다의 메아리가 계속 울려 퍼진다.

    강보에 싸인 아이를 두고
    퉁퉁 불은 젖 감싸 안고 연락선을 탔던 여인
    할머니는 두 밤 자고 글피에 엄마가 온다고 했다
    글피가 가고 그글피가 오고 또 와도
    끝내 글피는 오지 않았다

    열두 살 되던 해
    길모퉁이 돌아 치마폭 여미고 왔던 여인
    나는 할머니 등 뒤에 숨어 낯선 여인을 훔쳐보았다
    두고 간 크레파스와 연필을 쓰지 않았다
    뱃고동 소리 멀어지던 그 겨울
    그리움은 그믐처럼 깊어 갔다
    앞마당 동백이 빈손으로 서 있어도
    글피는 끝내 오지 않았고
    뱃고동 소리 기다리며 더 깊어진 글피

    요양원 창문 너머 아흔이 넘은 아이
    아득하게 멀어진 글피가
    칠십 년이 지나서야 내게로 돌아왔다
                                    —「글피」 부분

어머니는 화자의 유년기에 사라졌다(포르트)가 "글피"에 온다고(다) 하였으나 끝내 오지 않았다. 어머니가 다시 나타난 것(다)은 화자가 열두 살이 되던 해이다. 그 열두 해 동안 어린 화자의 마음은 계속해서 고통스레 포르트-다 사이를 오갔을 것이다. 그러나 열두 해 만에 잠시 왔던 어머니는 다시 사라졌다(포르트). "뱃고동 소리 멀어지던 그 겨울/ 그리움은 그믐처럼 깊어 갔다". "글피"는 어머니의 '있음'(다)을 나타내는 기표이고, 화자의 삶은 "글피"를 기다리는 행위의 반복이고 지속이었다. 그렇게 "칠십 년"이 흘러갔고, 화자도 "글피"도 아득하게 멀어진 후에야 어머니가 "돌아왔다"(다). 그러나 돌아온 어머니는 더 이상 어른-어머니가 아니라 "아흔이 넘은 아이"였다. "강보에 싸인" 채 어머니를 상실했던(포르트) 아이는 칠십이 되도록 어머니의 부재 속에서 지내고 마침내 홀로 어른이 되어 아이인 어머니를 맞이(다)한다. 이 작품은 실패를 던지고 당기는 장난을 하며 어머니의 부재를 견디는 프로이트의 아이를 정확하게 재현한다. 아이가 실패를 멀리 던지며 '포르트'라 말하고, 다시 실패를 당기며 '다'라 말하는 행위를 계속 반복하는 것처럼, 시인은 어머니의 부재와 존재 사이를 오가며 재난의 생을 견뎠고, 그것의 언어적 거울들이 파편처럼 모여 그의 시가 되었다.

　　나를 두고 간 어미가 사 놓고 간 염소 새끼 한 마리 나는
　　그때부터 염소 시인이 되었지

염소는 갈기도 날카로운 이빨도 움켜쥘 발톱도 없이 가진 거라곤 잦은 갯바람 엷은 귀를 달고 계절이 지나는 소리를 핥고 있었지 소도 아니고 양도 아닌 것이 거들먹거리게 수염을 달고 바다를 허기지게 바라보고 살았지 누드 나이테에 구부러진 뿔로 누구 하나 치받아 보지도 못하고 맥없이 상수리나무를 들이받아 떨어지는 묵시록 같은 알갱이를 주워 먹었지 여린 발톱으로 고연히 바위산을 후벼 파고 풋나락 같은 그리움이 찾아오면 마음이 되어 구름을 끌어다 글을 썼지 언덕바지에 매어 두면 진종일 어미가 떠나갔던 선창가를 바라보며 염주 알 같은 그리움을 썼지

—「염주 알 같은 그리움」 전문

시인은 자신을 "염소"에 은유한다. 염소는 다른 짐승에 비해 "갈기도 날카로운 이빨도 움켜쥘 발톱도 없"는 약하고 보잘것없는 존재이며, 무엇보다 반추동물이다. 염소는 무엇을 되씹는가. 염소는 "어미가 떠나갔던 선창가를 바라보며" 그리움을 되새기고 슬픔을 반추한다. 시인은 채워지지 않는 "그리움이 찾아오면 마음이 되어 구름을 끌어다 글을 썼"다. 이 대목이야말로 최태랑의 시의 기원이 어머니임을 분명히 보여 준다. 그의 시들은, 반복해서 부르고, 마음에 새기고, 다시 불러 보고 다시 찾는 "염주 알 같은 그리움"에서 비롯되었다. "염소"나 "염주"나 모두 반복의 기표들이다.

어머니가 보고 싶은 날 할머니가

뚝, 하면

한꺼번에 눈물 콧물 삼켰지요

…(중략)…

나는 맘껏 울 수 없는 아이

한 장 한 장 슬픔이 쌓여 갔지요

뚝, 그 소리에 내 가슴 뚝뚝 잘려졌지요

서러움이 쌓여 빙하처럼 떠다녔지요

지금도 가슴에 남아 있는 뚝,

—「뚝,」부분

　"뚝"은 욕망을 제어하는 금기와 훈육의 명령어이다. 터
부taboo는 억압을 낳는다. 시스템은 슬픔의 노출을 꺼린다.
궁핍을 보여 주는 행위는 체제의 수치이기 때문이다. 체제
가 엄한 얼굴로 "뚝" 하고 외칠 때, 모든 얼굴은 표정을 상
실한다. 그리하여 체제의 파사드facade는 마치 아무 일도 없
는 듯한 고요와 평화의 무대를 연출한다. 체제 속 결핍의 주
체는 "맘껏 울 수 없는 아이"가 되고, 그렇게 억압된 목소리
는 주체의 "슬픔"으로 적립된다. 최태랑에게 시를 쓰는 행
위는 이렇게 누적된 슬픔과 그리움을 우렁우렁 풀어내는 수
행(performance)이다.

2

최태랑에게 어머니는 평생 충족되지 않는 욕망의 대상이다. 그것은 대문자 현존(Presence)에 계속해서 구멍을 낸다. 게다가 아이가 되어 돌아온 어머니는 유사-어머니이지 어머니가 아니다. 이미 아이가 되어 버렸기 때문에 어머니는 이제 한시적 부재에서 영원한 부재의 존재가 된다. 부재를 존재로 만드는 유일한 방법은 대리보충(supplement)을 찾는 것이다. 절대적인 모든 것은 그것이 아닌 다른 것으로 덧대어짐으로써 절대성의 자리를 내놓는다. 절대성의 자리는 다른 것들의 대리보충에 의해 지속적으로 탈중심화된다. 은유는 이런 점에서 대리보충이다. 은유의 연쇄 고리는 시인에게 무수한 대리보충의 기회를 제공한다. 이 시집에서 그렇게 만들어진 대리보충물 중에 가장 눈에 띄는 존재는 시인의 아내이다. 그는 낭만적 일탈을 자랑(?)하는 일부 시인들과 달리 아내에 대한 깊고도 그윽한 사랑을 보여 준다.

쪼막한 발로 아장아장 걸음마하고
숨바꼭질 고무줄놀이도 했을
저 발로 나에게 와
식구들 웃음을 나른히 가져오고
험지를 마다 않고 아이 업고 걸려
남편 따라 전선을 누볐다
일흔일곱 해 세월을 받쳐 들고 걸었을 흔적

하나하나 똑똑 소리를 내며 깎는다
우리는 아무 말도 표정도 없이
서로가 못다 한 마음을 나누었다
밖에는 여직 눈물비가 온다
　　　　　　　　　—「아내 발톱을 깎는다」 부분

시인의 내면에서 어머니가 부재에서 존재로의 미끄럼을 탄다면, 아내는 존재에서 부재로 흘러가는 중이다. 어머니가 나로부터 '떠난' 존재이면, 아내는 무엇보다 내게 '온' 존재이다. 아내는 "숨바꼭질 고무줄놀이도 했을/ 저 발로 나에게 와" 평생을 함께한 존재이다. 그녀의 발톱을 깎아 주면서 그는 왜 "눈물비"를 느낄까. 그것은 생물학적 나이가 이제 아내의 부재를 향해 있기 때문이다. 물론 그가 먼저 세상을 뜰 수도 있겠지만, 시인은 어머니에게서 유발된 '부재'의 트라우마에서 자유롭지 않다.

아내가 이른 잠을 잔다
저러다 영 잠들면 어떡하지
거기는 일거리가 없어 심심해
가지 않겠다 하더니
　　　　　　　　　—「하더니,」 부분

어머니에 대한 그리움이 멀리 있는 존재를 가까이 당기는 것이었다면, 아내에 대한 그의 정념은 가까이 있는 존재

의 멀어져 감에 대한 두려움이다. "하더니"라는 단어는 "영
잠들면 어떡하지"라는 불안한 잠재성을 자꾸 호출한다. 최
태랑 시인에게 어머니와 아내는 방향만 다를 뿐, 둘 다 부
재의 동심원 주위를 도는 기표들이다.

서울로 이사 와 보니 가옥들이 숲의 나무들처럼 서 있어
도 우리 식구가 기댈 곳 없어 지하 방을 전전했었지 아들은
등에 업고 두 딸은 손에 걸려 시영아파트 13평짜리 추첨받
으려 진종일 줄을 서서 번호표를 받아 왔지 집에 오면 등에
아이는 태아처럼 웅크려 자고 있었고 내려놓으면 기저귀가
질퍽했었지 걸려 왔던 아이들은 늘어지곤 했어 우리 아이
들에게 못할 짓 했었소
　여보, 기억 저편은 발자국만 남기고 그냥 갑시다 내 등이
비었으니 가벼워진 당신이나 업고 가야겠소
　　　　　　　　　　　　　　　—「편지 쓰는 남자」 부분

이 작품은 어머니에 대한 대리보충이 아내를 넘어 가족
으로 확산하여 있음을 잘 보여 준다. 가난의 가족사를 회상
하는 시인의 마음은 따뜻한 애정으로 가득 차 있다. "우리
아이들에게 못할 짓 했었소"라 말하는 그의 목소리엔 고난
중에도 가족을 위해 헌신한 아름다운 가장의 회포가 짙게
녹아 있다. 그는 가장으로서의 책무를 다한 지금("내 등이 비
었으니"), 그 빈 등에 "가벼워진" 아내를 업고 가겠다고 말한
다. 존재에서 부재로 향하고 있는 아내를 업고 그는 어디로

가겠다는 것일까. 그는 늙어 가벼워진 아내를 업고 함께 생의 마지막 모서리까지 갈 것이다. 그러나 그것은 따뜻한 동행이므로 외롭지 않다.

3

앞에서 최태랑 시의 먼 기원이 어머니임을 밝혔다. 그의 시들은 부재한 어머니에 대한 대리보충의 퍼포먼스이다. 그의 시에 나타나는 일차적인 대리보충물은 함께 늙어 가며 부재의 잠재성을 점점 더 키워 가고 있는 아내이다. 아내에 대한 그의 깊고 그윽한 사랑은 어머니의 부재가 그에게 타자들에 대한 깊은 애정을 키워 주었음을 잘 보여 준다. 그는 어머니에 대한 채워지지 않는 욕망을 타자들에게 풀어놓음으로써 수많은 어머니'들'을 만들어 낸다. 랭보(A. Rimbaud)의 말마따나 "사랑은 재발명되어야 한다". 충족되지 않는 사랑이 다른 사랑으로 재발명되지 않을 때, 사랑은 신경증이 된다. 시인은 무수한 타자들을 어머니의 대리보충물로 만듦으로써 사랑을 재발명하고 신경증에서 멀리 벗어난다. 그에게 어머니가 사랑의 원형(archetype)이라면, 그 원형의 배경은 가난이다.

쪽빛 바다가 아름다운 섬마을
외가에서 나고 자란 나는

학교에 들어가던 날
외할머니에게 공책을 사 달라
며칠을 졸라 받은 계란 두 개
꼬막손에 쥐고 시오 리 학교 앞
가게 돌계단을 오르다
그만, 넘어지고 말았다
깨진 계란을 내려다보며
한참을 울다
바닥에 고인 노른자를
손가락으로 찍어 먹었다
누이는 밤새껏
누런 회 포대를 잘라 한 땀 한 땀 꿰매
공책을 만들어 주었다

—「옛날 옛적에」 전문

시인에게 아름답도록 슬픈 가난의 서사는 어머니의 부재와 함께한다. 그에게 가난은 부재하는 어머니와 환유적으로 중첩된다. 그러므로 그의 모든 사랑의 재발명은 가난과 부재의 징후에서 이루어진다.

야근 때문에 늦은 아빠
저녁 여섯 시가 되면 어김없이 전화가 온다
아빠 언제 와?
원형아 오늘은 늦어

토요일에 놀아 줄게
하고 싶은 놀이가 뭔지 책상에 적어 놓고 자
'내일모레 아빠하고 자전거 타고 싶어
사 달라는 것은 아니야'
시월 마지막 날
어미 없는 아들이 쓴 편지
박봉의 아빠는 답장 대신
빈 주머니에 손을 넣어 보았다

　　　　　　　　　　　　　—「시월의 편지」 전문

　보라, 시인의 시선은 "어미 없는 아들"을 홀로 키우는 "박봉의 아빠"에게로 향해 있다. 무수한 대상 중에서 그는 왜 이런 존재를 시적 소재로 선택했을까. 시인이 자신의 궁핍의 역사를 투사해서 세계를 읽고 사랑을 재발견하기 때문이다. 이 작품의 "어미 없는 아들"은 정확히 유년기에 어머니 없이 자란 시인 자신의 투영이다. 그는 어미도 없이 집에서 혼자 아빠의 퇴근을 기다리는 아이와 그 아이를 둘러싼 가난의 가계를 끌어들이는데, 이 순간 어머니를 향한 그의 사랑은 이 불쌍한 가정에 대한 공감과 사랑으로 전이된다. 사랑의 리비도가 탈중심화된 한 대상에서 다른 대상으로 전이되는 것을 우리는 '사랑의 재발견'이라고 부른다.

　산중 청둥오리 사육장
　주인에게 물었다

철새인데 안 날아가고 있냐 했더니
활주로가 없어 이륙을 못 한다 한다

…(중략)…

먼 나라에서 날아온 이주 노동자
농장 귀퉁이에서
체류 기간 넘긴 여권을 바라보고 있다

―「청둥오리」 부분

    이제 최태랑의 '사랑의 재발견'이 어떤 지평을 향하고 있는지 더욱 분명해진다. 그의 사랑은 궁핍과 불행으로 가득 찬 존재들을 향하고 있다. 철새인 "청둥오리"처럼 한국에 날아와서 고향으로 돌아갈 길을 잃은 "이주 노동자"는 오늘날 한국 사회에서 흔히 목격할 수 있는 절대 불행의 주체이다. 시인은 가족과 갈리어 떨어진 채 복귀의 채널을 상실한 이주 노동자에게서 어쩌면 어머니도 없이 그토록 막막하고 가난했던 자신의 유년기를 돌아볼지도 모른다. 이주 노동자의 가족이나 시인의 어머니나 부재이자 절절한 그리움의 대상이기는 마찬가지이다.

운동장에 땅거미가 지면
동무는 어머니가 불러 집으로 가고
아이 혼자 단단한 기다림을 차고 논다

미루나무도 그림자를 삼킨 지 오래

핸드폰 사 준다던 아빠도

불고기 해 준다던 엄마도

아직 발소리가 없다

—「맞벌이」전문

제목에서 드러나다시피 이 작품은 가난한 "맞벌이" 가정의 아이를 그리고 있다. 최태랑이 재발명하는 사랑의 대상들은 그의 유년기와 성장기가 그러했듯이 이렇게 한결같이 '가난'을 배경으로 가지고 있다. 그가 만들어 낸 어머니의 대리보충물들, 즉 그 모든 다른 어머니'들'은 '가난/부재'라는 배경을 중심으로 생산된다. 물론 그 원형은 그와 그의 어머니의 서사이다. 위 작품의 아이도 어머니와 아버지의 동시적 부재를 견디는 "혼자 단단한 기다림을 차고" 노는 '가난한' 주체이다.

도시로 흘러 들어온 낙타는 지하철 택배 기사로 취업했다 지느러미 같은 크로스백을 어깨에 메고 다음 역을 향해 간다 그는 한때 군에서 천부장을 했던 고급장교였다 겁을 모르고 산야를 누벼 밤에도 빛이 나는 눈을 가졌던 그는 지금은 고지나 집결지 대신 착신 내용이 깨알같이 쓰여 있는 비망록을 들여다본다 급한 문서를 송달하거나 받아 오는 일이다 하루 용돈 만 원 삼 개월이나 아내에게서 소급해 썼다 노인석은 다정한 대화는 없어도 느낌으로 옆 사람

을 붙들고 있다

그리움은 강에 살고 군가 소리는 전선을 날고 있는데 그
는 꼬리를 감춘 마두금 소리만 들린다 쌍봉은 짐을 싣고 타
기 좋은데 고행의 등짐 진 외봉 낙타는 오늘도 인심 드센
모래언덕 생활의 팔부 능선을 넘는다 어느 날은 졸다 하차
역을 놓친 적도 있었고 문틈에 가방끈이 끼어 풀릴 때까지
집총 자세로 버티기도 했다

집에 돌아오면 고삐는 놔 주고 꿇었던 무릎과 숙였던 허
리가 펴지는 시간이다 빈 가방 속에는 하루치 노역과 뒤따
라온 별들의 사연이 들어 있다 물새 한 마리가 따라와 끈을
잡고 슬피 울다 가는 날도 있다

—「택배 하는 낙타」 전문

궁핍의 존재들에 대한 시인의 사유는 "한때 군에서 천부
장을 했던 고급장교"였으나 늙은 나이에 생계를 위하여 택
배 노동을 하는 그의 동료들에게로 확장된다. 이 시의 "택배
하는 낙타"를 시인의 동료라고 추정해도 좋은 것은, 무엇보
다 시인 자신이 퇴역 군인으로서 그들과 유사한 삶의 곡절
을 겪어 왔기 때문이다. 한마디로 말해, 시인은 자기 주변
의 모든 약한 것, 어두운 것, 아프고 쓸쓸한 것을 탐조등처
럼 정확히 찾아내고 그들에게 자신이 어머니로부터 받고 싶
었던 사랑의 따뜻한 빛을 비춘다.

지금까지 살펴본 것처럼, 최태랑의 시는 이렇게 어머니
의 부재가 만들어 낸 사랑의 재발명, 즉 다른 어머니'들' 찾

기의 역사를 보여 준다. 그의 문학의 원형인 어머니는 늘 가
난한 풍경에 인접해 있는데, 이런 조건은 최태랑에게 볼품
없고 궁핍하며 불행한 타자들에 대한 깊은 애정을 키워 주
었다. 결과적으로 어머니의 사랑을 고대하면서 그는 가족
을 위시한 수많은 사회적 약자에게 자신도 모르게 어머니
같은 존재가 되어 버렸다. 어머니를 기다리다 어머니가 되
어 버린 시, 그것이 최태랑의 세계이다. 그리하여 그는 이
렇게 제안한다.

오늘은 버럭은 집에 두고 가세요
울컥도 내려놓고요
입은 다물고 손 먼저 내미세요
앞니 빠진 구두는 벗어 두고
새 신발로 마음 밭을 걸어 보세요

상대에게 베풀기 전
자기에게 친절하세요
몸에서 초록 바람 일게 젊게 사세요
태양에 맞짱 뜰 생각은 갖지 마세요
좋아하는 것을 좋아하세요

—「초록 바람」 부분

　표제작이기도 한 이 시에서 그가 궁극적으로 소망하는
것은 현실을 긍정하고 나아가 기뻐하는 삶이다. "태양에 맞

짱 뜰 생각은 갖지 마세요"라는 문장은 스스로 선택하지 않은 운명마저도 당연한 것으로 받아들이라는 이야기가 아닌가. 니체식의 '위버멘쉬Übermensch'는 자신과 세계에 대한 강력한 긍정을 전제로 한다. 시인은 오랜 가난과 풍상을 넘어 부정을 긍정으로 전회轉回하는 지혜를 성취한다. 그러니 이제야말로 그는 "몸에서 초록 바람 일게 젊게" 살 수 있을 것이다.